푸른사상 시선 188

웃음과 울음 사이

푸른사상 시선 188

# 웃음과 울음 사이

인쇄 · 2024년 5월 10일 | 발행 · 2024년 5월 17일

지은이 · 윤재훈
펴낸이 · 한봉숙
펴낸곳 · 푸른사상사

주간 · 맹문재 | 편집 · 지순이, 김수란, 노현정 | 마케팅 · 한정규
등록 · 1999년 7월 8일 제2-2876호
주소 · 경기도 파주시 회동길 337-16(서패동 470-6) 푸른사상사
대표전화 · 031) 955-9111(2) | 팩시밀리 · 031) 955-9114
이메일 · prun21c@hanmail.net
홈페이지 · http://www.prun21c.com

ⓒ 윤재훈, 2024

ISBN 979-11-308-2144-3    03810
값 12,000원

푸른사상
시선

**188**

# 웃음과 울음 사이

윤재훈 시집

푸른사상
PRUNSASANG

이순을 훌쩍 넘기고, 첫 시집을 낸다. 미욱하기가 이루 말할 수 없다. 『전주일보』 신춘문예에 등단하고도 20여 년이 넘어버렸다. 그러나 수십 년 습작하면서도 작은 자존심으로, 자비 출판은 하기 싫었다. 경제적 여유도 없었다.

더구나 한번 서가에 꽂히면 그곳에서 먼지나 쌓이며 존재의 가치도 없어져버리는, 이 국토에서 푸르게 일렁거리는 나무 몇 그루만 베어내는, 그런 책을 만들고 싶지도 않았다.

여기에는 이 나라에서의 시와 시인들의 위상도 불안스럽게 놓여 있다. 무작정 시를 붙잡고 아무런 경제적 대가도 따르지 않는 시가 좋아서 쓰는, 순정한 이 땅의 시인들이 있기 때문이다.

다만 작은 바람이 있다면, 이 시집이 누군가의 가슴속으로 들어가, 작은 위안이나 정서의 울림이라도 줄 수 있기를 간절히 기도할 뿐이다.

생각나는 분들이 참, 많다. 일일이 열거하지 못하지만 마음 속으로 크나큰 감사를 느낀다. 먼저 시집 제작에 많은 도움을 주신 김준태 시인께 큰절을 올린다. 또한 좋은 시에 대해 끊임 없이 고민했던 명금, 우송, 김수영문학회 문우들과 송수권, 전 원범 시인께도 큰 절을 올린다. 기꺼이 해설을 해주신 맹문재 시인께도 감사드린다.

이 시집을 아내와 딸에게 바칩니다.

벚꽃 터지는 봄날에
윤재훈

| 차례 |

■ 시인의 말

제1부

## 제2부

## 제3부

## 제4부

# 제1부

# 흰 소를 찾아서

바람이 눈앞에서
어른거리나 싶더니

솔방울 하나
툭, 하고
소 등으로 떨어졌다

깜짝 놀란 소
길길이 뛰더니,
산문으로 들어가
십우도 속으로
사라져버렸다

# 나비 박제

아 이 부자유스러움이여

끝내는 흙으로도
돌아가지 못하는구나!
포르말린에 휩싸인
딱딱한 이 몸뚱어리
언제까지 이 몰골로
남아 있어야 하나

흔적도 없이 사라지는
일체의 아름다운 것들을 꿈꾸며

# 산방(山房)의 방석 하나

산방에 오래된 방석 하나
고승 대덕을 두 분이나 낳았다는데

봄볕 아른거리는 날
나도 그 위에
가만히 앉아보면

민들레 한 송이쯤은
피워낼 수 있을 것 같아

# 추석 무렵

마을 안산에 누운
무덤 두 기

고봉으로 부른 배를
어루만지며
나란히 누운 부부

누렇게 익어가는
논을 바라보며

"여보, 올해 농사,
잘되었지!
애들이 배곯지는
않겠지"

서로의 어깨를 토닥거리며
넉넉하게 웃는다

# 신기리

조선 창호지 문틈으로
겨울바람은 몰아치고
형제들은 춥다고 서로
무명 이불을 잡아끌던
먼 머언 고향 집

아버지 머리맡에는
한 사발 물이 얼었다

# 만다라

살아 있는 것들에게는
먹는 문제가 삶의 전부다
먹기 위해 일을 해야 하고
먹기 위해 상대에게 거짓말도,
때로는 서슴없이 칼도 겨눈다

깊은 밤, 하얀 벽을 따라
오글거리며 오르는 것들
풀씨처럼 작은 개미들이
제 몸보다 수백 배 큰
거미를 옮긴다
멀리서 보니 바람에 나뭇잎이
살랑이는 듯 흔들리며
거대한 절벽을 오른다

살아 있는 것들에게
가장 숭고한, 먹기 위해,
제 몸보다 수백 배 큰,

만다라를 끌고,

사람들이 잠든 후

막 생을 마감한 경전을 끌고,

야단법석(野壇法席) 중이다

# 낯설은 짐 하나

역(驛)
낯설은 짐 하나
어제부터 놓여 있었단다

혹시나, 몰라서
역무원이 오늘까지 두었다는데
아무도 오지 않는단다

낮잠에서 깨어나
사방을 가만히 둘러본다

뒤돌아보지 않으려던
나의 그늘에도
벌써 가까이 다가와 있는
낯설은 짐 하나

누굴까
이 지상(地上)에 부려놓고
간 이가

# 적멸의 문

엄마가 아파트 문 앞에
정물처럼 서 있다
열쇠 번호가 생각이 안 나
못 들어갔다고 한다
평생을 살았던 집
왜 엄마는 갑자기
번호가 생각나지 않았을까

텅, 텅, 잠깐씩 어디선가
문 닫히는 소리 들리고
고요한 세상의 정적 속에서
엄마는 얼마나, 이 세상이
막막했을까

자식들 얼굴이 떠올랐을까
남편의 얼굴이 보였을까
세상에 홀로 남았다는
그 적멸 같은 문 앞에서
엄마는 얼마나 막막했을까

# 만약 당신이 내게 물으신다면
## — 어느 가난한 시인의 항변

당장 봉지 쌀을 사야 가족이 저녁을 먹을 수 있는, 아무도 돌아보는 이 없는 추운 겨울날, 그 사람의 돈으로 쌀을 사고,

돌아서는 저녁,

전봇대 귀퉁이에 펄럭이는 광고지마냥 초라해지는 가장의 어깨

계약금이 없으니 월세만 엄청 높은 집으로 떠돌고, 밀리다

500만 원에 35만 원 내는 서민 아파트 월세가 계약금에 달하도록 밀려, 본전마저 쥐에게 맡겨둔 쌀독처럼 날아가는, 아슬아슬한 시절

악순환에, 악순환만 지속되는, 고단한 계절

어제도 그제도 며칠 전에도, 주인은 전화가 와서, 나가라고 한다.

이 추운 겨울날 아이를 데리고, 어디로 간단 말이냐

평생 푯대처럼 그나마 요행히 챙겨오던 윤리도 도덕도, 가족의 생계 앞에서는 힘을 잃고 마는,

이 초라한 저녁 밥상을 물리고 나면

당장 거리로 나앉아야 할 판인데,

날더러 어쩌란 말이냐

# 이승의 저녁 무렵

전화라도 드리면
다 큰 자식 녀석
분가하여 자식까지 낳고
살고 있는데,

"밥 먹었냐"

묻기부터 하시는,
평생 무거운 등짐만 지워드린
못난 자식

새소리 들리는 저녁나절
우두망찰 산 앞에 서 있으면
그 목소리 들을 수 없다는,
다시는 그 목소리 들을 수 없다는,
이승의 저녁 무렵

산이 말한다

돌아가라고

나는 문득 가다 말고, 묻는다

"어디로 가라는 말입니까?"

# 운진항 봄날

가파도 가는 선착장에
뭍에서 막, 올라온
흰머리 희끗한 아주머니 네 분이
앉아 있다

"어마, 누가 '낚시질' 하고 있네"

옆에 앉은 아낙이 맞장구친다
"뭐, '양치질' 한다고"

또 한 아낙도 거든다
아니, '망치질' 이라고

서로 바라보며 자지러진다
가는 봄날, 꽃들도 웃는다

간짓대에 빳빳한 수건처럼
이 봄날, 햇볕 참, 좋다

# 화양면행(行)

아침이면 나갔다
저녁이면 돌아오던 길
평생 그 자리를 배회하며
여름 땡볕, 겨울 눈보라 맞으며
걸어 다니던 길

"밥 먹어라"

저녁나절 어머니 목소리
따스했던 길

풍경 소리 들리며
이제 마지막 그 길을
떠나려 한다
지상은 가을볕 내리고
알곡들은 여물어가는데

이제 이 행성을 지나
어느 별로 가시려는지

# 고려청자

고군산열도에서
청자가 발견되었다
수백 년 바다에서 수장되었던 것들
파도에 쓸리고, 진흙이 쌓이고
고기들이 집을 짓고, 해파리가 붙고
여여(如如)한 침묵의 세월

가족들은 얼마나 기다렸을까
아낙은 사립에 서서 얼마나,
오랫동안 지아비를 기다렸을까

차곡차곡 포개진 채 깊은 어둠 속에서
도대체 누굴 기다렸을까
원혼처럼 고요히 잠든 고려청자들
푸른 표피마다 배어 있는 도공의 심성

어디로 싣고 가다,
그 풍랑 속에서 난파되었을까

간짓대처럼 사립문에 서서 기다렸을
고려의 아낙이 바닷물에 씻기며,
서럽게 운다

# 인사동에서


"얼마예요"


길거리에 앉아
세계여행 중에 사 온 소소한
물건들을 판다


"당신에게 즐거움을 준 만큼만 주세요"


낯선 골목길을 들어설 때마다
한참을 서서 골랐을 물건들
순간순간 나에게 수많은 기쁨을
주었던 것들
동남아에서 샀던 것들은
대부분 위파사나 부처님들이다
그런데 표정이 하나도 같으신 분이 없다


"당신이 이 세상에서 받은 것만큼이라도

돌려주세요"

찬찬히 말씀이 들려온다

# 호우총(壺衧塚)*
— 호우명 그릇

저는 정말 몰랐어요
우리 집터 밑에 이런 왕릉이 있었다는 것을
이 미천한 농사꾼이 어떻게 알았겠어요
애초에 집을 지을 때, 무슨 돌들이 나오길래 담장에 쓴 죄
밖에 없어요

그리고 보니 가끔 밤중에 울음소리 같은 것을 듣기도 한
것 같아요
저는 그냥 북풍한설에 지나가는 겨울바람 소리인 줄 알았
지요

아, 그리고 보니 가끔 농사가 잘될 때도 있었어요
아마 그분이 보살펴주셨나 보죠
여하튼, 파란 하늘 올려다보며
그 아래에서 한평생 잘 살았지유


* 호우총 : 경주에 있는 신라 시대 고분. 고구려 광개토대왕의 이름이 새
　겨진 청동 호우가 발견되어 호우총으로 명명됨.

# 제2부

# 텅 빈 충만

잎 다 지고 난
겨울나무에
까치집만 덩그렇다

새끼 다 키우고 나자
집을 버리는
그들의 홀가분함,
그 위로 고이는 텅 빈 충만

가을 한 자락도
가만히 따라와 몸을 얹은
텅 빈 충만

# 핵비가 내린다

가을 하늘이 더욱 파랗고 높고, 그윽하다
여름내 몰려왔던 폭염이 장마와 함께 물러나고 이제 막
살 만한데,
오늘은 일본이 바다에 방사능 폐기물을 버리고 맞는, 첫
날이다
그들은 지금 이 지구에, 무슨 짓을 저지르고 있는가
호모 사피엔스는 과연 스스로의 터전을 멸망시키고 말 것
인가
그 하늘로 까마귀 떼가 날아간다

두 번째 태평양 전쟁을 맞는 기분이다
그때는 미국을 상대로 공격했지만
오늘은 세계를 향하여 공습경보도 없이, 무차별 공격을
감행한 것이다

어쩌면 일본은 우리에게 철천지원수인지 모른다
광개토대왕 때는 파렴치한 왜구가 되어 이 나라의 해안가
를 노략질하더니

임진년의 원수가 되어 이 산천을 도륙 내고,
부녀자들 겁탈을 일삼았다
명치유신 하면서는 이 나라를 야금야금 쥐새끼처럼 갉아
먹더니
급기야 일방적으로 한일합방을 맺고
국권을 빼앗아갔다
국치(國恥)의 비가 이 강산을 적셨다


어쩌면 일본은, 우리가 가장 경계해야 할 철천지원수인지
도 모른다
어떻게 사람의 식탁에 핵폐기물을 끼얹을 수 있는가
온 인류가 이고 지고 살아가야 할 이 푸른 지구를, 도륙낼
수가 있는가
바닷물이 뜨겁게 흐르며 운다
일제(日帝)의 심장에서, 인류의 심장으로


가을하늘이 저리 높건만.
오늘은 일본이 세계의 바다를 죽이는 첫날이다

가을바람은 이리 시원하게 부는데,
인류는 이 지상에 살아갈 수 있을까
심장이 없는 물고기가 나오고
허파가 없는 가축이 출생하고
한쪽 눈 없는 아기가 태어나고,

동쪽에서 핵바람이 분다
방사능 폐기물 비가 내린다
핵우산이 무슨 필요가 있는가
인류의 마당으로 핵비가 주룩주룩 내리는데
세계의 나뭇잎들이 일제히 조종(弔鐘)을 울린다

고개를 더욱 곧추 드니
가을 하늘이 참 파랗다
현생 인류가 보는 마지막 하늘일지 모른다

# 2미터 거리의, 코로나 시대

엄마와 자식 간인데도
그들은 서로 만져볼 수가 없단다
2미터 거리에 서서
맑은 셀룰로이드 한 장 사이에 두고.

그들은,
서로를 포옹하거나
얼굴을 부비면서,
그리움을 표현해서도
더더구나 안 된단다

바람 부는 날
혹시라도 아들을 만나면
엄마는 온몸으로 바람을 맞으며
저며오는 가슴을 여민단다

혹시라도 그 바람결에
천형(天刑) 같은 병균 한 톨

사랑하는 자식에게
날아갈까 봐


수탄장(愁嘆場)*에서,
서로를 사이에 두고
아직 미감아(未感兒)**인 아이는
무슨 생각을 했을까
엄마와 같이 있고 싶었을까
아니면 얼굴 일그러지고
손가락 짓물린 그 모습이
보기 흉했을까


환한 셀룰로이드 창으로
맑은 구름은 흘러가는데
눈물 많은 엄마는
또 무슨 생각을 했을까


물기마저 다 말라버린

겨울나무 한 그루

고사목(枯死木)처럼 서 있다


* 수탄장 : 한센병 환자와 일반인을 경계 짓는 철조망.
* 미감아 : 아직 병에 걸리지 않은 아이.

# 휘발되는 그녀

지하도를 숨 가쁘게 내려가는 리비도[*]
아슬아슬한 치마 끝에 머문
곡선이 아스라하다

그녀는 지금까지 나와
이 지상에서
한 번의 인연도 없었다

파인더를 들이대자
그녀가 사각에 포박된다

그녀는 모를 것이다
내 사각에 관음된 줄

On 스위치만 누르면
그녀는 항상 내 앞에 확대되어 나타난다

내 안에 갇힌 그녀

오늘 우리는 휘발된다


* 리비도 : 카를 융이나 지그문트 프로이트 등의 연구에서 나타난 정신
  분석학 용어로, '성 충동'. 또는 '자생적인 정신적 에너지'를 의미함.

# 겨울 산

딱, 딱, 딱,
겨울 산을 깨우는
딱따구리 한 마리

햇빛도 들어오지 않은
후미진 건물 사이
비닐 대충 얽어놓고
깡통 속 촛불 하나에
온몸을 녹이는 할머니

몇 년째 오지 않는
아들이라도 생각하는 걸까
할머니 지나온 세월이
비닐 속에서 어른거리는데

더욱 몸을 오그리는 할머니
굽은 허리는 더욱 굽어지고
고치라도 되고 싶은 것일까

옹송거리는 그 모습이

한없이 작아진다

# 전곡리 폐가

누군가 살을 붙이고 살았나 보다
망초꽃에 둘러싸인 낡은 스레트집 하나
양철 문이 반쯤 겨드랑이를 벌린 채
허허로운 눈으로 안을 들여다본다

창문은 깨지고 거미줄이 내려앉은 처마
그 사이로 습한 바람이 들락거린다
방 안에 낙서처럼 새겨진 그림
언젠가 이 집에서도
아이들 재잘거리는 소리가 났었나 보다
선한 가족 땅의 소리를 알아들으며
논밭을 일구었나 보다
뒤꼍으로 난 주먹창으로
나무 잎새 밀려오는 소리 시원하다

다들, 어디로 갔을까
외따로 떨어져 사는 이 집이
더는 외로워 살 수 없을 것 같아

도시로 떠났을까
어느 골목길 아래
쉴 새 없이 울어대는 까치들처럼
허름한 둥지라도 하나 틀었을까

그 옛날 아이들 소리라도 기억하는지
매미 소리는 더욱 쨍쨍한데
바람이 불 때마다
방바닥에 버려져 있는 그림책에서
아이들이 펄럭거린다

다들, 잘 살고 있을까
해가 갈수록 망초꽃들은 흐드러지게 피어
마당으로 들어오는데
지하도나 쪽방으로 밀려나지 않고
올겨울, 잘 버텨낼 수 있을까

# 붕어빵 어머니

호주머니 속에 감춰둔 사랑 하나
언 길 가다가 손 시려울 때
가만히 손 집어넣으면
봉숭아 물든 손톱 끝에서부터
따뜻하게 감겨오던 느낌 하나

찬바람 속 골목 귀퉁이 돌다
우연히 만난 붕어빵
틀 속에 숨어
노릇노릇 익어오던,
붕어 한 마리
언젠가 어머니한테서 받은
뜨거운 봉투 하나
따뜻한 붕어 한 마리 잡으니
문득 내 눈가가 젖는다

한 마리를 나누어
반씩 건네며

뜨겁게 전해오던 팥앙금처럼
오늘 밤 뜨거워져오는 가슴

따뜻한 붕어틀 앞에 서 있으니
오롯이 떠오르는 그리움 하나

# 지하철에서
### — 부부

여자는 휠체어에 앉아 있다
교통사고로 하반신이 마비됐다는
팻말을 앞에 놓고,
석고상처럼 굳어 있다

그 뒤에 남편이 목발을 짚고
한쪽 다리로만 걷는다

부스스한 머리
감은 지 얼마나 되었는지,
서릿발 내린 새끼줄 같은 머리칼

눈 쌓인 나무 밑에서는
사람들이 "화이트 크리스마스"를 외치며
흰 썰매를 탄 산타 할아버지가
선물을 가지고 오실 것이라고
취기 어린 목소리로

징글벨을 부르며 달뜨는데,


부부는 다리를 절뚝이며
더러는 졸고 가는,
밤 지하철 통로를
유령처럼 지나간다
냉기가 천지를 감싸는 날,
두 사람은 같이 있는 것만으로도
크낙한 위안이 될까
빌딩 숲 사이로
함박눈이 쏟아진다


한 해가 저물어가고 있다

# 단애(斷崖)


적벽에 부딪치는 파도
가만히 보니 수만 개의 알갱이를
부드럽게 받아 안는다
그리고 품 안에서 다독인다


홧병 같은 울혈(鬱血)
매일 와서 부딪는 어린 것들
밀려나는가 싶더니 소용돌이치며
더 큰 울음으로 다시
몰려오는 것들을
쓸쓸하게 받아 안는다


적벽이 그곳에 서 있는 건
그 울음소리를 들었기 때문일 것이다
매일같이 몰려와 풀어놓은
먼 바다에서의 슬픔을


수만 년 풍화가 고스란히

암각되어 있는 단애,
달려드는 하얀 울음들을
어머니처럼 달랜다

마모되면 될수록
더욱 둥글게 각인되는 적벽에서
거대한 벽화가 새겨지고 있다

# 죄(罪)


풍덩,
돌멩이 하나 주워
물속으로 던진다


수만 년 전
우주의 지각 때,
간신히 물 밖으로 빠져나온
돌일지도 모르는데.


이제 저 돌은,
다시는 물 밖으로
나오지 못할지도 모른다


아님, 이 지구가 끝나는 날까지
영원히


문득, 내가 있었나
고개 들어보니

풀썩, 하고 연기 한 꺼풀
가라앉는 듯하다

# 임피역

교외선 열차 하나
사슴벌레처럼 만경평야를 달린다

간이 역 옆에
무성영화 같은 이발소 하나

초로의 아저씨 혼자
밀잠자리처럼 앉아
하루 종일, 마을을 지킨다

햇볕만이 쨍, 하게
동구 밖 길 위에 얹혀
눈이 부시다

아침 일찍 양복에
드라이까지 하고 나간
친구는 여직, 돌아오지 않고 있는데

간판 위로 요행히 남아 있는
받침 몇 개,

바람이 불자
'ㅂ' 자가 주르륵
미끄러진다

# 무명(無明)

임이시여
우리는 무엇입니까
맑은 날 태어나서
찰나로 사라지려 하는
우리는 무엇입니까

그 의미를 알 수가 없습니다
임의 손이 닿으면
그곳은 닿을 것 같은데
뻗는 손만 한갓되어 떠돕니다

그저 지나가는 바람 아래
나뭇가지는 흔들리는데,
그 의미를 알 수가 없습니다

무(無)입니까
바람을 잡았다 편 손안에는
아무 자취도 없는데,
그대는 우주의 어디쯤
걸어가고 계십니까

## 도살장을 지키는 개

두 사람이 왔다 갔다
그들의 눈빛이
오늘따라 심상찮다

고기 몇 점
얄푸른 연기, 두어 가닥

무슨 일인지, 찌그러진 양은그릇에
올라와 있는데

개는 벽 쪽으로 가
구석으로 주저앉는다

굵은 동아줄
그림자만

시계추처럼
흔들서린다

# 잠자리

아득한 간짓대 끝에
앉아 있는 선승(仙僧)

바람이 불면
갔다가 다시 오고
갔다가 다시 오고

제3부

# 오동도 동백꽃

봄, 오동도에서는 해풍도
연록빛을 닮아간다

먼 남쪽 바다가 밀어 올리는 봄의 열기로
섬이 빨갛게 취해올 때쯤
바닷가 사내들은
지난 여름, 파도에 멍든 방파제에서
머리를 박고 산화하는 동백꽃을 본다

부서지고 싶은 것이 어찌 너, 뿐이겠는가마는
가슴속으로 쉼 없이 밀려오는 것들을 달래며
삭히고 삭히다, 하얀 해소를 내뿜는다

오늘, 저 먼 시원(始原)으로부터 봄물은 밀려오는데
동백꽃 혼자 타다가, 모가지가 떨어진다

# 먼 산 바래서서

소녀들이 재잘거리며 걸어가는 너머로
금송화 한들거리고, 그녀들 뒤로 파랑새가 따라가다가
솟구치는 곳에 하늘이 흔들리고 있다
그 너머로 아스라이 복숭아 꽃밭이 펼쳐지고 시냇가에서
천렵하는 아이들, 등에는 한낮의 태양이 빛난다
시냇물 따라 은피리 떼들 앞서가는 길 위로 전신주에는
연이 걸려 있고,
까치도 걸려 있고, 소녀도 걸려 배시시 웃는다
내 모습도 태양빛에 걸려 길게 늘어지고, 산그늘에 포개
지면,
기슭에 앉아 먼 산등성이로 피어오르는 구름을 본다

세월은 유전하는가
저만큼에서 빛나는 모습, 바라볼수록 아련해지는데,
그리운 것들은 다시 무엇이 되는가

매어도 매어도 자꾸만 매듭은 풀리고, 물그림자에 비치는
노란 물봉선에 앉으려던 잠자리는 자꾸만 떠오르고,

호반새의 부리에 수면은 산산이 부서져버리는데,

그리운 것들은 다시 무엇이 되는가

# 바다마을 사람들

### 1

태양이 바다로 떨어지는 마을
섬의 새벽은 파도 소리와 함께 감겨온다
지난밤 달빛에 끌려갔던 섬이
치맛자락을 끄을며 돌아오는 새벽
들고나는 바다가 그들에게는 일상의 시간표다

바다보다 더 부지런한 할머니
해안로를 따라가는 그 등이
파도처럼 굽어 있다
방게 몇 마리가 그 뒤를 따라간다

바다마을 사람들은 자신만의 바다가 있다
통발 속에서 펄떡거리는 바다 생명들

### 2

제가 품은 생명을 내어주는 바다
그것을 헤아리는 것은 바다 사람들의 몫

다도해(多島海)가 연시처럼 걸려 흔들린다

오동도 절벽 위
누군가의 절개 같은 나목(裸木) 한 그루
자신을 살찌우지도, 키우지도 않고
세월 속에 스스로를 삭히는 주목(朱木)

햇볕 물러난 자리에 바람이 불어온다
바람의 결대로 흔들리는 것이
나의 순리
바람도 멈추고, 인적도 품어버린 마을이
바다에 길을 내어준다
잠시 유보된 삶 속에,
하루에 두 번씩 바다는 맨살을 드러낸다

콘크리트가 키워낸 내 마음속에도
바다 하나를 담고 돌아선다
뱃선으로 올라오는 투명한 살결들

그 갯벌 위에 황금빛이 몸을 눕힌다
서쪽 하늘과 바다 사이에 햇볕은 길을 내고
장대처럼 길게 누운 그림자 하나
노을 속에 서 있다

# 둥근 사랑

― 니콜스 맹인 가족

1

한 번도 서로의 얼굴을 본 적이 없는 사람들은
눈보다 예민한 촉감으로 서로를 확인한다고 합니다
점자를 만지듯 그릇을 닦지만
그것이 햇빛 아래 얼마나 눈부신지
이 세상에서는 단 한 번도 보지 못한다고 합니다

두 살 때 데려온 광숙이가
"어부바 어부바" 하면서 등에 매달리던 기억이
평생을 두고 가장 가슴 아프다고 합니다
겨울바람에 홀로 남은 까치밥처럼
두고두고 시리다고 합니다

밤이 찾아와도
불을 켤 필요가 없는 집이지만
그래도 어두움이 싫어 항상 밝은색을 좋아한다고 합니다
생일날 환한 새 한복을 맞춰 입고
서로를 확인할 수는 없지만, 가족들은 사진을 찍는다고

합니다

　창가 햇볕 아래에서
　사진에다 얼굴을 대고 아무리 뚫어져라 들여다보지만
　세상은 하얀색과 검은색 두 가지로만 보인다고 합니다

　네 명의 자녀를 데려다 키웠다지요
　국적은 모두 한국 애들이랍니다
　태어나면서 앞이 안 보인다는 이유로 버림을 받았다지요
　번잡한 시장통에서,
　고아원 앞에서 지치게 울다가,
　눈 내리는 날, 어느 부잣집 앞에서

　　　2
　그게 어디 우리들의 책임입니까
　낮달을 보며 한낮을 짖던 개들도
　날이 저물면 새끼들을 데리고 집으로 돌아가는데
　부모님은 저를 버렸답니다

제 이름은 서러운 광숙이지요

하마, 조국도 우리를 버린 게지요

부모와 자녀 간의 사랑에도 무슨 조건이 있답니까

머나먼 바다 건너 이국(異國) 땅에서

둥근 사랑 하나 배웠답니다

못 본다는 이유만으로 자식을 버릴 수는 없는 게죠


엄마를 찾을 필요는 없지만

그래도 꼭 한 번은 만나보고 싶네요

그리고 물어보고 싶은 서러운 이야기도 있지요

세상 사람들이 아무리 귀를 기울여도

알 수 없는 그런 얘기 말이에요


어두컴컴한 공간에 홀로 앉으면

오늘도 일산시장 어디쯤 흐르는

바람을 만납니다

# 웃음과 울음 사이

"웃"이라는 글자를 가만히 보면
아이가 동산 위에 반듯하게 서
웃고 있다

금방이라도 어깨춤이 튀어나올 듯
두 손을 가지런히 올리고
깔깔거리고 있다

그 웃음소리에
꽃들이 사방에서
지천으로 터진다

"울"이란 글자를 가만히 보니
아이가 무릎을 포개고
울고 있다
엄마라도 어디 갔는지
설움이 북받쳐

어깨까지 들썩인다

받침 하나일 뿐인데
세상은 온전히 그 자리에 있는데
천지간(天地間)에 이렇게
흔들리는 내 마음

울음과 웃음 사이
세상 이야기가 가득하다

# 이, 경이(驚異)!

원래는 없던 것들이었다
논으로부터 농약을 거두자
그들은 스스로 생겨났다

미꾸라지 몇 마리 보이더니
마침내 그들은 떼를 이루었다
우렁이 각시도 보인다

세 마리 다섯 마리,
열 마리, 수십 마리
흙탕물을 일으키는
그들의 행렬이 경이롭다

그 옆에, 전차처럼 수십 개의 발로 물을 긁으며
나타나는 투구새우들

암컷보다 작은 미꾸라지 수컷이
레슬링 선수처럼 뒤로 돌아가더니

날렵하게 암컷의 몸을 감고, 배를 비튼다

쏟아지는 생명들
그 위에 신선한 정액이 뿌려지고,
꼬리를 살랑거리자,
파문처럼 일어나는 신선한 산소들

다시 반복하는
논 속의, 저 수많은 행렬

봄날, 논 속에서 이루어지는
저 경이가,
놀랍다

# 말의 보탑

말은 생명의 옷이다
색동옷이다
한번 퍼지르면 삼라만상에 떠돌아
나에게 지울 수 없는 문신이 된다

우리가 던졌던 수많은 말들
상처를 내고
슬픔을 쌓고
인정을 자르고
영원히 가져가야 할
고뇌의 덩어리

오늘,
얼마나 많은 말을 했는가
사랑의 말
가슴을 녹여줄 수 있는 말

봄 뜰에 앉아서

훈훈하게

그대의 생명에 다가갈

그런 말의 보탑(寶塔)을 쌓고 싶다

# 양은솥 하나

찌그러진 솥단지 하나
저것이 우리 식구(食口)를
이만큼 키웠구나
때로는 술에 취한 아버지가
내던지기도 하고
어머니가 팔이 시리도록
닦아내기도 했던,
숱한 양념들이 표피마다
빗살무늬처럼 깊게 배어
맛을 우려내던
그 흔적들이 햇살 아래
반짝이는구나

그동안 많이 낡았구나
가만히 한번 쓸어보는,
언뜻언뜻 찌그러진 틈으로
지나온 세월이 깊게 배어
걸음을 떼지 못하게 하는구나!

할머니가 끝내 버리지 못하고
우리 집 살강에 엎드려
없는 듯 조용히 굴신(屈身)한 지가
언제였던가

숱하게 내동댕이쳐지고
때로는 찌그러지고,
그럴 때마다
허리춤을 추스르고
호두알처럼 더 단단해지고 싶었을 세월

그 세월을 같이 견뎌온
바람 잦은 언덕 같은 날들
한 그루 나무 같았던 세월

낡은 솥단지 하나
살강 위에서
가을볕만 서럽게 살갑다

# 철도 중단점에서

오늘은 콘크리트 깨는 날
먼지를 털어내고, 돼지머리를 놓고
가을바람 속에 대추도 한 움큼 올리고,
소주를 따른다
통일경(經)을 외며,
사람들이 줄줄이 서서 절을 한다

금방 이것은 부서질 거라고,
잠깐 무엇이 잘못되어 쌓아두는 것이라고,
그 시절 김 노인은 콘크리트를 약간 붓고,
대충 쌓아두었단다
그러나 반세기가 훌쩍 넘어가고,
시커멓게 삐져나온 철근 몇 가닥만
북쪽을 응시하고 있다
그 옆으로 구절초 돋고,
들풀들 수북하고,
잠 덜 깬 사마귀 한 마리
뒤룩뒤룩 눈을 굴리며,

수구초심처럼 길게 북쪽으로 목을 빼다

울컥, 눈시울이 뜨거워진 김 노인,
쓰러질 듯 절을 하고,
일어설 줄 모른다
북쪽에 사랑하는 가족을 두고,
홀로 살아온 회한이
절절히 배어 나오는지.

그 시절 패랭이꽃은 피었던가,
들찔레는 돋았던가
이제 기억도 아득하다고 한다
철길에 널브러진 시체 몇 치우고,
김 노인은 그 자리에
콘크리트를 쌓았단다

오늘은 콘크리트를 깨는 날
안개 속에 녹슨 두 줄기 철길이

북쪽을 향해 아가리를 벌리고,
여직, 줄달음을 치고 있는데,
새벽부터 일어난 김 노인은
양 소매를 걷어 젖히고
함마를 들었다
이곳 휴전선에 붙어산 지,
이미 반평생이 훌쩍, 지나가버리고
철조망을 넘나들던 구름도,
이제는 세다 잊어버렸다고 한다

정말 오지 않을 줄 알았다고 한다
이제는 자기 평생에
못 볼 줄 알았다고 한다
방문단이 몇 번이나 휴전선을 넘어가고,
소 떼도 넘어가곤 했건만,
옆집에 사는 송 노인이 훌쩍거리며,
북에 있는 가족을 그리며 울 때마다,
자기 평생에 이런 일이
다시는 없을 줄 알았다고 한다

# 나, 여기 있어요!

두꺼운 눈이 녹자
길이 나타나고
여린 꽃대가 밀고 올라와
손사래를 친다

당산나무 뿌리 아래
흙 부스러기 바스락거리는가 싶더니
자벌레 한 마리도
기어올라와 몸을 뒤튼다

어디선가 풀벌레 한 마리
내 어깨로 툭, 튀어 올라
눈을 뒤룩거리며,
빤히 나를 쳐다보다가
불쑥, 내게 묻는다

"너도 잘 살고 있었니"

# 부용천 꽃샘바람

저 천변에 하얗게 핀
꽃눈들을 보아라
지난겨울,
그 추위를 견뎌낸 꽃눈들이
일제히 꼰지발을 들고
동동거린다

모래톱 위를 아장아장
걸어가는 청둥오리
백조의 깃털은 나날이
새하얗다

얼었던 개울물이
봄 소리를 낸다
경쾌하게 흐르는 물줄기가
까르륵, 거리는 아이의 상에 오른
햇냉이 같다
버들붕어 도래질도

울대가 섰다

먼 산모롱이부터 간지럽다
이제 아지랑이 아른거리며
참꽃이 피는
봄날이 오고 있다

# 우유 한 잔

이 한 잔을 만들어내면서
내가 무슨 생각을 한 줄 아니
유전자 조작 옥수수를 날마다 먹여
불임을 유도하고,
쏟아지는 폭염 아래
더러운 똥밭으로 친구들을 몰아넣어
서로 몸이 닿을 정도로 밀집 사육을 시키는데,
내 새끼는 태어나자마자
몸집을 빨리 살찌우기 위해
코뚜레를 꽉, 조여 캄캄한 곳에 묶어놓고
저절로 눈이 멀게 하는데,

어제도 사람들은 우리 앞에 모여
사료 값을 걱정하며
소 값이 떨어진다고 혀를 차고,
정육점 사장은 우리를 그윽이 바라보며
안심, 등심 부위를 나누느라 열을 올리는데,
TV에서는 연신 우리가 환경 파괴의 주범이라고

각종 병의 가해자라고 몰며
석쇠에 노릇노릇 우리 몸을 구우며
배들은 남산만큼 불러오는데,

모두 암 덩어리다
우리 주인은 위암, 옆집은 대장암, 그 옆집은
이태 전에 세상을 떠났다
내 몸 타는 냄새가 훅, 하고 코를 찌르는데
내가 무슨 생각으로 우유를 만드는 줄 아니,
내 새끼도 못 먹일 내 피를
쪽, 쪽, 아침마다 피까지 짜내는
그 우악스러운 손을 느끼면서

내가 무슨 생각으로 이 하얀 액체를 만들어내겠니
이 하얀 액체는 우유가 아니라
나의 분노가 만들어낸 독극물이다

# 쓰레기도 못 되는 책
― 역사 왜곡 교과서를 보며

쓰레기란 무엇인가

때로는 초를 다투는 기사가 되었거나,
유용한 정보가 되어 사람들에게
소식을 전해주었거나,

그렇지 않으면 책이 되어
수만 년 누군가의 혼을 흔들며
이 지상에 바람과 물과 공기가 되었거나,

그런 귀한 일을 하고
용도 폐기된 것이 쓰레기다

그런데 이건 쓰레기도 못 된다
수백 년, 때로는 수천 년
싱그러운 숲속에서 향기와 산소를 뿜어내던
아름드리나무를 베어내 만든 것이
사실이 아닌, 역사 왜곡에

거짓말만 잔뜩 나열한 독소가 되어
폐기 처분되어야 하는,
그런 쓰레기도 못 되는 책을 만들다니

그런 것들을 수십만 권, 이 지상에
자신의 욕심껏 만들어내다니
그것이 꼭 너를 닮았다

부메랑이 되어
너를 다시 공격할 것이다

# 궁궐 앞 고사목


청룡, 백호, 주작, 현무
거대한 신기(神氣)들이 용틀임하는 느티나무
동구 밖에 서서
망해가는 고려를, 조선을 보았을 나무
왜란과 호란, 일제강점기
쫓겨가는 백성들을
내려다보았을 나무

부질없는 왕업에 얽매여
보내었을 광음
고려와 조선은 어디로 갔을까
용틀임하는 옹이들은
하늘로 올라가 무엇이 되었을까
수많은 뇌우를 머금었을 등걸
몇 사람이 손을 잡아야 비로소 안을 수 있을 거구(巨軀)

파란 하늘 아래
벌거숭이로 서 있는 나무

무엇이 그리운지 여지껏, 하늘을 올려다보고

천 년을 그 자리에서 목불(木佛)로 서 있다

"웃"이라는 글자를 가만히 보면 아이가 동산 위에 반듯하게 서 웃고 있다 그 웃음…

어깨춤이 튀어나올 듯 두 손을 가석렁이 올리고 엉덩거리고 있다

# 제4부

울음소리에 윷들이 사방에서 지천으로 터진다 "웃"이란 글자를 가만히 보니 이야기 무늬을 포개고, 울고, 있나 하마리든 어니 갔는지 설움이 북받쳐

써인다 받쳐 하나일 뿐인데 세상을 온전히 그 자리에 있는데 천지간(天地間)에 이렇게 흩뜨린다는 내 나음 옷으과 옷, 사이 세상 이야기가 가득

# 어느 무명 시집을 위하여

언제쯤이나 떠날 수 있을까
하루, 이틀, 사흘
온몸에 활자 냄새를 풍기며
태어나기는 마찬가진데
친구들은 하나둘 떠나고,
낯선 얼굴들만 빠져나간 자리로 와서
몸을 비빈다

책꽂이 앞에 사람들은 드문드문 서성이며
낯선 나라 같은 얘기들을 하고는
우리 앞을 그냥 지나가거나,
원색 화보라도 한 권 들고는
이내 시들해진다

가을볕은 창문을 투과하여
오색 빛깔을 만들며
계절이 지나가는 바깥세상을
이야기하는데,

나의 머리 위로는 먼지만 풀, 풀, 날린다
산골에서는 몇 번인가 빨갛게
감이 익어갔을 텐데
올해도 나는 하릴없이 갇혀서,
좀이나 먹히며 견뎌야 하나

친구들은 올해를 넘기기 힘들 거라 하는데
날랜 칼들이 물을 토해내는
어느 폐지 공장으로 들어가
허공에 무지개를 그리며
허리와 다리들이 댕강, 댕강,
잘라질 것이라고 하는데
그래도 원색 화보에
태어날 때부터
온몸에 촉수가 빳빳하게 서는 애들은
금방 팔려나갈 거라 하는데,

저물어가는 서점

나이 든 아저씨만

안경 너머 활자에 잡히고

하릴없이 나는 서서

창문으로 들어오는 저녁 햇빛을 맞는다

# 비글*

사람들이 오고 갈 때마다
개들은 철망 속에 갇혀 꼬리를 흔들며
어쩔 줄을 몰라 했다

겨울 볕이 좋은 날,
철망 밖으로라도 한 번 나올라치면
인간의 무릎 위까지 뛰어 올라와
꼬리가 보이지 않을 정도로 흔들며,
개울물 소리를 냈다

이 개는 지능이 낮아
고통을 적게 느끼는 종(種)이란다
오늘 그 입속에 심장 박동기를 넣고,
누군가 꾸욱, 목을 누른다

오늘은 알코올이 인간의 신체에 미치는
그 영향을 알기 위한

숭고한 생체 실험을 하는 날이란다

배를 가르고, 심장과 폐를
알코올에 담근다
이제 막 형체를 갖추기 시작한
선홍빛의 새끼들 몇 마리,
저희들끼리 오그라들며
몇 번 꿈틀거린다


* 비글(beagle) : 실험용으로 가장 많이 쓰이는 개.

# 권태

멀리서 고양이 한 마리가
킬러처럼 조용하게 다가간다

무엇인가를 발견했는지
그가 등을 낮추고
몸을 유선형으로 만든다
막 하수도에서 나온 쥐를 노려보고 있다
금방이라도 바람을 가르며 세차게
뛰어갈 채비다

그러나 그 킬러는 모를 것이다
지금 내 파인더에 붙잡힌 자신을

만약 어떤 킬러의 총구에 붙잡혔다면
그는 산목숨이 아니다.

그의 숨결이 점점 더

불규칙해온다

나도 주위를 한 번 둘러본다
누군가 혹, 나를 파인더에 붙잡고 있지나 않은지

그러나 가끔은 나도
누군가의 파인더에 한 번
붙잡히고 싶다

그리하여 숨 가쁘게
이 생을 느끼고 싶다

# 솟대

여기 서서 기다려볼거나
꼰지발로, 꼰지발로
그러다가 자꾸만 목은 길어지고
날개를 펴고 날지도 못한 채,
지나간 풍상만 구름처럼 피어오른다

천 년을 여기 서서 기다려볼거나
이제 물밥*도 다 말라 날아가고
눈에 익던 앞산들도 자고 나면 아랫도리부터 사라져간다
휘청거리던 나의 허리에 많은 구름 형상들은 머물다 가고
그 새 마을의 많은 이들도 내 발밑에서 풀꽃들처럼 피었
다 졌다
어떤 이들은 내 아래에서 신(神)을 보았고
어떤 이들은 내 아래에서 첫사랑을 맺었다
나를 기댄 매화꽃도 수없이 피었다 지고
내 밑으로 아이들은 도시로 떠났다

어떤 이들은 나의 다리에 못 자국을 내고

어떤 이들은 나에게 큰절을 하고 갔다

태풍은 나를 안고 혼절하도록 몰아쳐도 든든히 그 땅에
뿌리를 내리고 기다렸다


2


정말 떠날 생각도 많이 했었다

그러나 어쩌랴, 떨리는 생(生)을

내 허리까지 물난리가 나 친구들은 하나, 둘, 떠내려가고

온 밤을 해소로 울다가 은하수로 올라가, 반짝반짝 유영
하는 친구들도 보인다

앞산의 수목들은 푸른빛으로 쑥쑥쑥쑥 자라나는데

이제 내 친구들은 부러지고, 그들의 머리는 땅에 뒹군다


그러다 별들이 뜨면,

지상에 얹힌 수만 마리의 오리들은 일제히 날아올라 큰

곰, 작은 곰, 황소자리, 처녀자리, 오리온……,
  수많은 별자리로 오늘 밤 다시 살아온다


  * 물밥 : 제사를 지낸 후 밥과 여러 제사상 음식들을 조금씩 떼어 물에
    말아 대문 밖에 내놓은 것으로, 이는 조상님과 함께 찾아온 다른 혼령
    들에게 주는 제삿밥이라 함.

# 비둘기
― 무료급식소 앞에서


애야, 그렇게 늦게 일어나면 안 돼
천변가에도, 먹을 게 별로 없어
이 땅도 점점 밀려 들어오는 애들이 많아

저 건너 다리 위에서 먹이를 주던 강 노인도
새벽에 잠깐 옥수수 튀밥을 주고 가니
그 시간을 놓치면
우리는 오전 내내 굶을 수도 있어

애야, 어서 서둘러
이 험난한 세상
우리처럼 팍팍하게 떠도는 목숨
그렇게 꾸물거리다간
하루살이가 만만치 않아

무심히 지나는 버스를 보면
나도 어디론가 떠나고 싶어

# 아랄해의 절규

바다는 어디로 갔을까

10리를 가다 낡은 배를 만났다

안에는 인적이 끊어진 지 오래였다

사막의 모래바람만 아프게 몰려다니며 뱃전을 때렸다

그때마다 녹슨 쇠들이 쉰 소리를 냈다

20리쯤 더 가다가 이제는 모래밭이 되어버린

포구를 만났다

여기도 언젠가는 비린내 나는 선창으로 번성했을 것이다

힘 오른 보리숭어가 튀어 오르고

방파제에서 힘차게 도래질하는 돔들로, 낚시꾼들이 왁자

했으리라

구릿빛 팔뚝의 사내들은 허름한 식당에 모여

서로의 어획고를 무용담처럼 자랑하며, 거친 입담들을 쏟

아냈으리라

고향을 떠나온 아낙은 구깃구깃한 종이에 일수를 찍으며

엄마에게 맡겨두고 온, 아이와 만날 날을 손가락으로 가

늠했으리라

모래바람이 불어온다

순식간에 산 하나가 생겨 이 지상을 묻을 듯하다

낙타가 무언가 알지 못할 울음을 울며 서쪽으로 고개를

튼다

말라버린 바다의 끝은 보이지 않는다

이제는 지평선이 되어버린 그 경계만 활처럼 휘어 있다

파란 하늘이 출렁이며 울컥, 하고

쏟아져 내릴 것만 같다

# "59,800원"

"삐, 삐, 삐"
"잔액이 부족합니다"

빨간 숫자가 마치 다시 내리라고 하는 듯
급하게 점멸된다

가끔 겪는 일이지만
오늘처럼 한파가 더욱 기승을 부리는 날이면.
교통카드를 잡은 손이 더욱 시렵다

"기사님, 학생 요금으로 하고,
나머지는 잔돈으로 내면 안 돼요?"

잠시 침묵이 흐른다
자리에 풀썩, 배낭을 던지자
겨울 햇살에 먼지들이 올라오다
다시 주저앉는다

버스가 서고
사람들이 오른다


"59,800원"


점멸되는 빨간 숫자가 확대되어 내 눈에 들어온다
고개 들어 그를 본다
그도 평범한 서민인 것 같은데


59,800원,
빨간 숫자가 머릿속에서 다시 점등된다

# 전람회 소경(小景)


차 봉지 한 개
따뜻한 물, 한 주전자

소동(小童)을 데리고 문득,
그림 속으로 든다

폭포수 아래
평평한 돌 위에
찻상을 펴면

소나무 숲에
다향(茶香)이 감돈다

그 향에 취해
비스듬히 기대
오수(午睡)에 들면

나는,

한 장의 풍경이 된다

계곡 물소리
꽃잎 벙그는 소리
서늘하다

방아깨비 한 마리
겁도 없이
무릎 위로 튀어 오르면,
깜짝, 놀라
그림 속에서 나온다

# 사막의 배

사막에 배가 있을까
인류의 수수께끼 같은 그 기원을 찾아 떠났다
먼 동토에서 쫓겨온 사람들이 있었다
그들은 살기 위해 두더지처럼 땅속에 굴을 파고 숨어들었다
서릿발 내려 괭이도 들어가지 않는 땅을
두 손을 갈고리 삼아 지렁이처럼 파고들었다
두 손에 선명하게 핏물이 일었다, 머리는 산발한 채로

그 옛날 이곳이 푸른 바다였다니
고기들이 떼를 이루는 바닷가 마을이었다니
지금도 화석 속에서 어구를 메고, 가족의 환송을 받으며
바다로 향하는 아버지의 모습이 남아 있다니
풍요로운 대지 위에는 목화송이가 일렁였다니
그 달콤한 목화송이를 씹으며 엄마와 아빠는 그 숲에서
나를 낳았다니,

지금은 가도 가도 모래밭
대상(隊商)처럼 얼굴을 감싸고 30리쯤 걷다 보면
앙상한 뼈대만 남은 녹슨 배를 만나고,

혜초 스님처럼 정처 없이 길 없는 길을 가다가
낯선 포구의 흔적도 만났다

삭아버린 신발의 뒤축, 찌그러진 양은그릇
여기에 검은 머리 사람들이 살았단다
동쪽 끝에서 살고 있다는 그들이
무슨 죄를 지어 여기까지 쫓겨왔을까
이 낯선 땅에 와서
그들은 날이 추워지면 솜바지를 입고 싶어,
아랄해의 푸른 물을 끌어와 목화를 키웠단다
모래밭을 옥토로 만들었단다

그 땅에는 지금도 명절이면 오방색을 즐겨 입는
사람들이 모여 수수께끼처럼 살고 있다는데,

모래바람이 불면 소금 기둥이 일어
간고등어처럼 집과 사람들을 절인다는데
사람들은 대책 없이 댐들을 만들고
목화송이들만 사막의 바람에 흔들린다는데,

# 장마

흙탕물 물굽이가 쏟아져
내려오는 강가
오리 새끼 네 마리가
엄마를 따라 물굽이를 오른다
세상에 태어나 처음 보는 두려움
살기 위해서는 엄마를
뒤따라야 한다

자꾸만 떠밀려 내려가는 수초들
풀숲에서 노리는 수많은 짐승
열두 마리가 태어나 이제
네 마리만 남았다
어젯밤에도 엄마는 우리에게
몇 번이나 또 당부를 했다

세상은 이겨내는 것이라고
혼자서 스스로 살아내야 한다고

누런 물굽이가 모든 것을
쓸고 내려가는 강가
세상은 점점 고요해지는데
새끼 오리 네 마리 버둥거리며
엄마를 따라 오른다

# 기도를 한다

앰뷸런스 소리가 나면
그 자리에 서서
기도를 한다

이 밝은 날 아침에
누군가 아무 이상이 없기를
어린이 마음으로
기도를 한다

윤리가 돈으로 환치되는 무서운 세상
기형적인 부모들이
너무나 기형적으로 아이들을 기르고
사이코 같은 어른들이 수시로 양산되는
수상한 시절
극도의 패거리로,
숙성되지 못한 사람들 고성만 난무하는
하, 수상한 시절

다시 눈과 입이 오염되려 하면
그 자리에 서서 기도를 한다
그대 편안하기를, 아무 일 없기를
어느 무인도에 위리안치(圍籬安置)된 것처럼
다시 고요해지기를

저 붉은 앰뷸런스 소리가 멈추고
다시 세상이 안온해지기를

## 푸른 늑대를 찾아서

바람, 구름, 초원의 땅
그 땅을 찾아가기 위해 서해를 건너온
한 사내가 서 있다

베이징역, 인산인해의 틈바구니에서
홍조 띤 얼굴을 하고 그가 시간을 가늠한다
철길만 외로이 벌판에 길을 내고
그 끝은 어디에 닿아 있는지 아득할 뿐이다

사내가 다시 손차양을 하고
무엇이 그리운지 동쪽을 본다
저 해무가 걷히면 아련한 그 나라가
이어도처럼 떠 있을 것이다

끝없이 달리는 푸른 구릉들
그 지평선 위로 오르는 구름들은
저마다 미완의 꿈들을 피워 올리는지
바람 속에서 가볍게 몸피들을 부풀리고 있다

길을 달리는 건

오직 철마와 끝이 보이지 않은 전신주뿐
그리고 낮은 구릉들 사이로 언뜻언뜻 달리는
푸른 늑대 한 마리를 보았다

말발굽 소리도 이미 잦아든 지 오래인
이 푸른 대륙에
이 길의 끝은 도대체 어디쯤 가 닿아 있을까
잠도 자지 않는 빙하가 365일 흘러내리는
천산산맥 중심부를 관통하고 들어가
잠들어버렸을까
매머드의 화석처럼

언뜻언뜻 보이는 게르들
오직 하늘에 떠 있는 구름만이 이 땅에서는
그늘을 만들 수 있다

신은 어찌하여 이 광활한 벌판에
이토록 작은 인류를 보내셨을까
사내가 문득 벌판에 서서 다시

해시계를 가늠한다

길이 나 있다
광활한 초원 위로
난마(亂馬)하는 길들
저 길들은 도대체 모두 어디로 간단 말일까
주체할 수 없는 꿈들을 안고
저마다 한 길씩 잡아 떠나갔을까
구릉 사이로 늑대 한 마리 또 스친다

사내는 나지막한 구릉 정상까지 뛰어 올라가
손차양을 하고 초원을 바라본다
어디에도 늑대가 간 길은 없다
가벼이 몽골 벌판을 떠다니는 바람만이
초원을 핥고 다닌다

부드러운 곡선만이 아가의 둔부처럼
지평선에 누워 있고
거대한 뭉게구름들이 포근한 엄마의 품처럼
능선들을 다독이고 있다.

# 단칸 셋방

햇볕이 들어온다
반지하, 단칸 셋방

아침나절, 한 줄금
건물 사이를 비집고

구석으로 겨우 들어온 햇볕에
지나가던 돈벌레도
산보 나오던 바퀴벌레도 움찔하며
햇빛을 피하는데,

119가 왔다
풍화된 백골이 탈골되어 가더란다
빨간 불이 저승처럼 운다

# 목화솜 같은 시

김란기

오지와 사막을 걷고 타던 그이가 목화솜 같은 시를 썼다. 오지는 단순히 걷고 타는 것이 아니고 미지를 탐험하는 것이 아니던가. 사막을 걷는 것은 막연의 허허(虛虛)를 헤엄치는 것이다. 아랍의 골목을 헤매는 것은 원초의 시대로 가는 여행이고 아시아의 오지를 헤매는 것은 미지의 사람들 속으로 들어가는 것이다. 그러던 그이가 먼 산에 연초록빛이 들어차자 이참에는 꼭 세상에 내놓겠다며 20년을 벼르던 시집을 꾸몄다.

그이의 고향은 해남 삼산면이라고 했다. 내가 살던 강진 도암면하고는 지척이다. 도암면의 소석문(새석문)을 지나 해남 옥천면을 거치면 그이의 고향인 삼산면에 갈 수 있고 초의선사(草衣禪師)가 거하던 대흥사가 거기 있다. 더 오르면 일지암이 기다린다. 시인은 초의가 그랬던 것처럼 일지암에 오르곤 하였다.

일지암에 오를 때면 그이를 생각한다. 초의가 40여 년을 정

진하던 일지암에서 내려올 때는 다산에게 가기 위함이다. 강
진 도암 초당에 은거하던 다산에게 차를 갖다주기 위해서다.
가끔은 다산도 두륜산에 올랐다.

> 산방에 오래된 방석 하나
> 고승 대덕을 두 분이나 낳았다는데
>
> 봄볕 아른거리는 날
> 나도 그 위에
> 가만히 앉아보면
>
> 민들레 한 송이쯤은
> 피워낼 수 있을 것 같아
>
> ―「산방(山房)의 방석 하나」 전문

일지암에서는 사람들의 얼굴이 흔한 것은 아니다. 가파른 산
길을 올라와야 하기 때문이다. 가끔 황지우 시인이 오를 때면
멀리서 찾아온 문학회 사람들을 볼 수 있을 뿐이다. 황 시인은
아예 해남 현산면에 내려와 살면서 그간 삶을 암시랑토 않게
말하곤 한다. 그러니 일지암 산방에 방석이 많을 리 없다.

토방 밑에 그려놓은 고양이는 여러 마리이다. 모두 깜장 고
양이이다. 거기서 한 일 년 거하시던 허허당 스님이 『바람에게
물으니 네 멋대로 가라 한다』던 자신의 책 속의 삽화를 그릴 때
덤으로 그렸던가 보더라.

삼산면은 하필 삼산일까. 산이 셋이라서일까. 아니 근처에 현산면, 마산면, 황산면, 산면(山面)이 셋씩이나 둘러서일까. 삼산면 그의 고향집 앞에 삼산천이 흐른다. 그 흐름은 진도 앞바다를 향하여 천천히 나간다.

강가에 태어나 살던 사람은 늘 가난하다. 강은 사람들에게 맑고 깨끗함만 보여주기 때문이다. 이른 봄에는 물안개가 피어오르고 한여름이면 은빛을 반사한다. 늦가을에는 붉은 잠자리를 불러 모으고 동지섣달 한겨울에도 따뜻하다.

그이의 고향집은 삼산면 신기리에 있다. 신기리는 강진 도암면에도 있다. 내 고향집 마을 이름도 신기리이다.

조선 창호지 문틈으로
겨울바람은 몰아치고
형제들은 춥다고 서로
무명 이불을 잡아끌던
먼 머언 고향 집

아버지 머리맡에는
한 사발 물이 얼었다

—「신기리」 전문

그랬다. 강진 도암면 신기리는 바닷가이고 해남군 삼산면은 강가이다. 강가나 바닷가나 물과는 뗄 수 없는 운명이고 그 흐름과도 이별할 수 없다. '바닷가 신기리' 개펄에는 짱뚱이, 문

절이가 사철 뛰어놀았고 '강가 신기리'는 참게, 털게가 엉금엉금 기었을 것이다. 그 참게, 털게들이 달마산 미황사까지 기어 올라 주춧돌에 올라앉은 것은 벌써 천년도 넘었다.

그이의 '신기리'와 나의 '신기리'는 우리의 어린 시절이다. 창 호지 문틈으로 들어오는 찬바람은 문풍지로 이겨낼 수 없다. 방 가운데 화롯불은 사그러든 지 이미 오래다. 그래도 할아버 지는 거기서 담뱃불을 붙이고 또 껐다.

그이의 시를 읊조리자면, 강과 산을 노래하고 물과 바람을 노래한다. 더러 시대를 질타하기도 하지만 독하게 탓하지는 않는다. 흐름을 거스를 생각은 아니다. 다만 촌로처럼 안타까 움을 남도 아리랑처럼 읊을 뿐이다.

한여름 밭고랑 잡초를 뽑아낼 때 부르던 우리네 노래처럼, 삼산천변 서마지기 논배미에서 피라도 뽑을 때처럼, 논둑에 뜸부기가 울 듯이 그저 울 뿐이다.

그이의 노래가 끊어지지 말고 길게 길게 이어주기를 바랄 뿐 이다.

金蘭基 | 홍익대 건축학 박사·문화재전문위원

# 성선(性善)의 시학

맹문재

## 1

윤재훈 시인은 자신의 항심(恒心)을 심화 및 확대하는 시 세계를 추구하고 있다. 시인이 인식하는 항심이란 사람은 착한 본성을 지니고 있다는 것으로 맹자의 성선설을 토대로 삼는다. 맹자는 사람의 마음속에는 다른 사람의 불행을 가엾고 애처롭게 여기는 마음, 옳지 못함을 부끄러워하고 착하지 못함을 미워하는 마음, 남에게 사양할 줄 아는 마음, 옳고 그름을 가리는 마음이 있다고 말했다.

"참으로 이른바 본성이란 선한 것이다. 만약 무릇 사람이 불선을 행한다면 이는 본성 바탕의 죄는 아닌 것이다. 슬퍼하고 불쌍해한다는 마음 그것은 사람에게 다 있고, 부끄럽고 싫어한다는 마음 그것은 사람에게 다 있으며, 공손하고 공경한다는 마음 그것은 사람에게 다 있고, 옳다 하고 그르다 한다는 마음 그것은 사람에게 다 있다. 슬퍼하고 불쌍해한다는 마음이 인이고, 부끄럽고 싫어한다는 마음이 의이며, 공손하고 공경한다는 마음이 예이고, 옳다 하고 그르다 한다는 마음이 지이다. 인과 의와 예와 지는 밖으로부터 나를 녹인 것이 아닌 것이고, 내가 본래부터 그것을 지닌 것임을 생각해내지 않은 것일 뿐이다. 그러므로 말한다. '구하면 곧 그것을 얻고 버리면 곧 그것을 잃는다.'[1]

맹자는 사람이 악을 행하지 않고 본성을 유지하거나 진전시키려면 생계를 유지할 수 있는 항산(恒産)이 필요하다고 말했다. 항산이란 사람이 살아가는 데 필요한 재산이나 생업이다. 항산이 있어야 항심을 잃지 않게 되어 경제가 안정되고 사람들 간에 다툼이 없고, 항산이 없으면 항심을 가질 수 없어 생계에 얽매여 타락하고 범죄가 될 수밖에 없다고 본 것이다. 맹자는 항산을 왕도정치를 이루는 근본이라고 역설했다.

윤재훈 시인의 시 세계에는 맹자의 사상이 구체적으로 나타나 있다. 인의예지의 마음이 작품 세계에 반영되어 있는 것이다. 시인은 사람의 성(性)은 선(善)하다고 인식한다. 그리하여 측은지심(惻隱之心), 수오지심(羞惡之心), 사양지심(辭讓之心), 시비

---

1 "孟子曰 乃若其情, 則可以爲善矣, 乃所謂善也. 若夫爲不善, 非才之罪也. 惻隱之心, 人皆有之. 羞惡之心, 人皆有之. 恭敬之心, 人皆有之. 是非之心, 人皆有之. 惻隱之心, 仁也. 羞惡之心, 義也. 恭敬之心, 禮也. 是非之心, 智也. 仁義禮智, 非由外鑠我也, 我固有之也, 弗思耳矣. 故曰, 求則得之, 舍則失之. 或相倍蓰而無算者, 不能盡其才者也." 윤재근, 「고자장구(告子章句)」 상편 게6강, 『맹자 II』, 동학사, 2011, 438쪽.

지심(是非之心)을 작품들에서 구체화한다.


2.

    딱, 딱, 딱,
    겨울 산을 깨우는
    딱따구리 한 마리

    햇빛도 들어오지 않은
    후미진 건물 사이
    비닐 대충 얽어놓고
    깡통 속 촛불 하나에
    온몸을 녹이는 할머니

    몇 년째 오지 않는
    아들이라도 생각하는 걸까
    할머니 지나온 세월이
    비닐 속에서 어른거리는데

    더욱 몸을 오그리는 할머니
    굽은 허리는 더욱 굽어지고
    고치라도 되고 싶은 것일까
    옹송거리는 그 모습이
    한없이 작아진다

                    ―「겨울 산」 전문

위의 작품에서 화자는 "햇빛도 들어오지 않은/후미진 건물 사이/비닐 대충 얽어놓고/깡통 속 촛불 하나에/온몸을 녹이는 할머니"를 측은하게 바라보고 있다. 다른 사람의 불행을 불쌍히 여기는 측은지심이 여실하다.

화자는 노인을 바라보며 "몇 년째 오지 않는/아들이라도 생각하는 걸까"라고 유추한다. 화자의 측은지심이 가족주의로 확대되는 것이다. 사람들의 삶의 근거지가 촌락이 아니라 도시로 바뀌면서 가족 공동체가 사라져가고 있다. 따라서 가족주의를 무조건 부정할 것이 아니라 긍정할 필요가 있다. 마치 민족주의가 세계주의를 거부하는 것이 아니라 주체적이고 능동적으로 민족의 자존을 지키는 것처럼 가족주의 역시 가족의 가치를 중시하기 때문이다. 가족주의는 한국 사회에 형성된 고유한 가치로 가족 구성원들의 유대감 형성은 물론 사회 통합을 이루는 토대가 된다. 따라서 가족 이기주의를 극복하고 사회 구성원의 공동 이익과 보편적인 윤리를 확립하는 가족주의가 필요하다.[2]

> 고군산열도에서
> 청자가 발견되었다
> 수백 년 바다에서 수장되었던 것들
> 파도에 쓸리고, 진흙이 쌓이고
> 고기들이 집을 짓고, 해파리가 붙고

---

2  맹문재, 『가족애의 시학』, 푸른사상, 2022, 178쪽.

여여(如如)한 침묵의 세월

가족들은 얼마나 기다렸을까
아낙은 사립에 서서 얼마나,
오랫동안 지아비를 기다렸을까

차곡차곡 포개진 채 깊은 어둠 속에서
도대체 누굴 기다렸을까
원혼처럼 고요히 잠든 고려청자들
푸른 표피마다 배어 있는 도공의 심성

어디로 싣고 가다,
그 풍랑 속에서 난파되었을까
간짓대처럼 사립문에 서서 기다렸을
고려의 아낙이 바닷물에 씻기며,
서럽게 운다

—「고려청자」전문

　2006년 서해 고군산열도(古群山列島)에 딸린 야미도(夜味島) 부근 바닷속에서 12세기의 고려청자들이 무더기로 나왔다. 국립해양유물전시관은 해역 부근을 조사해 접시, 대접, 청자, 항아리 등을 끌어올렸다. 대접은 40점 이상씩 포개진 채 펄층에 묻혀 있었다. "수백 년 바다에서 수장되었던 것들/파도에 쓸리고, 진흙이 쌓이고/고기들이 집을 짓고, 해파리가 붙고/여여(如如)한 침묵의 세월"의 모습이었다. 전시관 측은 "서남 해안 부

근 가마에서 생활용품으로 쓰려고 만들어 배에 싣고 가던 중 가라앉은 것으로 추정된다"고 설명했다.[3]

화자는 발굴한 고려청자나 항아리 등 유물보다도 "가족들은 얼마나 기다렸을까/아낙은 사립에 서서 얼마나,/오랫동안 지아비를 기다렸을까"라고 가족들을 안쓰러워한다. "어디로 싣고 가다,/그 풍랑 속에서 난파되었을까"라는 안타까움과 "간짓대처럼 사립문에 서서 기다렸을/고려의 아낙"의 서러움을 나눈다. 도공과 그의 가족에 대한 측은지심은 "차곡차곡 포개진 채 깊은 어둠 속에서" "원혼처럼 고요히 잠든 고려청자들"에 대해서도 마찬가지이다.

이와 같은 측은지심은 「지하철에서 - 부부」에서도 볼 수 있다. 교통사고로 하반신이 마비되었다는 팻말을 앞에 놓고 휠체어에 앉아 있는 아내와 그 뒤에서 목발을 짚고 선 남편이 있다. 화자는 밤 지하철 통로를 지나가는 그 장애인 부부를 측은하게 바라보면서 앞길을 응원한다. 측은지심은 도살장 벽 쪽 구석에 주저앉아 있는 개의 운명을 안타까워하는 「도살장을 지키는 개」에서도 볼 수 있다. 다른 사람의 불행을 측은하게 여기는 마음이 인(仁)의 실마리이다. 예(義)와 의(禮)와 지(智)가 우러나오는 것이다.

---

3  노형석, 「새만금에서 건져올린 12세기 고려청기들」, 『한겨레』, 2006년 6월 20일.(https://v.daum.net/v/20060620195607221)

3.

유전자 조작 옥수수를 날마다 먹여
불임을 유도하고,
쏟아지는 폭염 아래
더러운 똥밭으로 친구들을 몰아넣어
서로 몸이 닿을 정도로 밀집 사육을 시키는데,
내 새끼는 태어나자마자
몸집을 빨리 살찌우기 위해
코뚜레를 꽉, 조여 캄캄한 곳에 묶어놓고
저절로 눈이 멀게 하는데,

어제도 사람들은 우리 앞에 모여
사료 값을 걱정하며
소 값이 떨어진다고 혀를 차고,
정육점 사장은 우리를 그윽이 바라보며
안심, 등심 부위를 나누느라 열을 올리는데,

—「우유 한 잔」 부분

동물 학대란 인간의 고의적 혹은 부주의로 동물에게 육체적,
정신적으로 고통을 가하는 행위를 말한다. "유전자 조작 옥수
수를 날마다 먹여/불임을 유도하"거나, "쏟아지는 폭염 아래/
더러운 똥밭으로" 소들을 몰아넣고 "서로 몸이 닿을 정도로 밀
집 사육을 시키는" 것이 그 모습이다. 태어난 새끼의 "몸집을
빨리 살찌우기 위해/코뚜레를 꽉, 조여 캄캄한 곳에 묶어놓고/

저절로 눈이 멀게 하는" 것도 마찬가지이다. 그런데도 사람들은 잔인한 학대를 그치지 않는다. 오히려 "사람들은 우리 앞에 모여/사료 값을 걱정하며/소 값이 떨어진다고 혀를" 찬다. "정육점 사장은 우리를 그윽히 바라보며/안심, 등심 부위를 나누느라 열을 올"린다.

화자는 이와 같은 상황에 대해 수오지심(羞惡之心)을 갖는다. 의롭지 못함을 부끄러워하고 착하지 못함을 미워하는 마음으로 동물 학대를 바라보는 것이다. 수오지심은 의(義)의 실마리로 화자가 동물 학대를 고발하는 모습이 그것이다. 그리하여 현행 동물보호법이 동물 학대에 대한 법적 책임과 처벌을 가하는 데 한계가 있지만, 나름대로 개선하는 역할을 한다. 수오지심의 마음이 모일수록 동물에 대한 사람들의 인식이 달라질 것이다.

수오지심은 「죄」에서도 확인된다. 화자는 "돌멩이 하나 주워/물속으로 던진" 뒤 자기의 행동을 부끄러워한다. "수만 년 전/우주의 지각 때,/간신히 물 밖으로 빠져나온/돌일지도 모르는데", 그가 던져 넣음으로써 "다시는 물 밖으로/나오지 못할" 처지가 되었기 때문이다.

앰뷸런스 소리가 나면
그 자리에 서서
기도를 한다

이 밝은 날 아침에
누군가 아무 이상이 없기를
어린이 마음으로
기도를 한다

윤리가 돈으로 환치되는 무서운 세상
기형적인 부모들이
너무나 기형적으로 아이들을 기르고
사이코 같은 어른들이 수시로 양산되는
수상한 시절
극도의 패거리로,
숙성되지 못한 사람들 고성만 난무하는
하, 수상한 시절

다시 눈과 입이 오염되려 하면
그 자리에 서서 기도를 한다
그대 편안하기를, 아무 일 없기를
어느 무인도에 위리안치(圍籬安置)된 것처럼
다시 고요해지기를

저 붉은 앰뷸런스 소리가 멈추고
다시 세상이 안온해지기를
                              —「기도를 한다」 전문


　위의 작품의 화자는 "앰뷸런스 소리가 나면/그 자리에 서서/
기도"한다. 위급한 환자를 신속하게 병원으로 실어 나르는 구급차 앞에서 그가 무사하기를 바라는 것이다. 화자는 "이 밝은 날 아침에/누군가 아무 이상이 없기를/어린이 마음으로/기도" 한다. 앰뷸런스에 탄 환자는 물론이고 그의 가족을 측은지심으로 헤아리는 것이다.

화자는 "어린이 마음"으로 예를 갖추고 있다. 니체(Friedrich Nietzsche)는 『차라투스트라는 이렇게 말했다』에서 시인은 향락과 권태에 빠진 채 명상하고 거짓말하는 존재로 보았다. 그에 비해 아이는 이 세계를 정직하게 바라보고 진지하게 관심을 가진다고 보았다. 아이를 시인이 본받아야 할 거울로 내세운 것이다. 노자(老子) 역시 무위자연을 추구하면서 그 본보기로 아이를 들었다. 아이는 세속에 오염되지 않았기에 도(道)의 실현에 가장 부합한다고 보았다. 아이도 욕망체이기에 니체나 노자가 주장한 대로 완전 무욕의 존재는 아니지만, 그의 고유성은 분명하다. 아이가 어른의 소유물이 되어서는 안 되는 것이다.[4]

화자는 "윤리가 돈으로 환치되는 무서운 세상"에서 "기형적인 부모들이/너무나 기형적으로 아이들을 기르"는 상황을 비판하고 있다. 화자는 "사이코 같은 어른들이 수시로 양산되는/수상한 시절"에 특히 아이의 "눈과 입이 오염되"지 않기를 희망한다.

화자가 앰뷸런스를 바라보면서 기도하는 것은 측은지심은

---

4   맹문재, 앞의 책, 215~216쪽.

물론 사양지심이 우러나온 모습이다. 사회적 존재로서 "그대 편안하기를, 아무 일 없기를" 바라는 기원이기도 하다. 위급한 환자가 살아갈 수 있는 세상을 진심으로 희망하는 것이다.

## 4.

당장 봉지 쌀을 사야 가족이 저녁을 먹을 수 있는, 아무도 돌아보는 이 없는 추운 겨울날, 그 사람의 돈으로 쌀을 사고,
돌아서는 저녁,
전봇대 귀퉁이에 펄럭이는 광고지마냥 초라해지는 가장의 어깨
계약금이 없으니 월세만 엄청 높은 집으로 떠돌고, 밀리다
500만 원에 35만 원 내는 서민 아파트 월세가 계약금에 달하도록 밀려, 본전마저 쥐에게 맡겨둔 쌀독처럼 날아가는, 아슬아슬한 시절
악순환에, 악순환만 지속되는, 고단한 계절
어제도 그제도 며칠 전에도, 주인은 전화가 와서, 나가라고 한다.
이 추운 겨울날 아이를 데리고, 어디로 간단 말이냐
평생 푯대처럼 그나마 요행히 챙겨오던 윤리도 도덕도, 가족의 생계 앞에서는 힘을 잃고 마는,
이 초라한 저녁 밥상을 물리고 나면
당장 거리로 나앉아야 할 판인데,

날더러 어쩌란 말이냐

　　　—「만약 당신이 내게 물으신다면—어느 가난한
　　　　　　　　　　시인의 항변」 전문

　작품의 화자는 "당장 봉지 쌀을 사야 가족이 저녁을 먹을 수 있는" 형편에 놓여 있다. "계약금이 없으니 월세만 엄청 높은 집으로 떠돌고, 밀리다/500만 원에 35만 원 내는 서민 아파트 월세가 계약금에 달하도록 밀려, 본전마저 쥐에게 맡겨둔 쌀독처럼 날아가는, 아슬아슬한" 상황도 그러하다. 의식주를 해결하지 못하는 화자의 궁핍한 삶이 여실하다. 생존에 필요한 양식을 해결하지 못하는 것은 생활이 넉넉하지 않아 원하는 것을 갖지 못하는 것과는 차원이 다르다. 생존 자체가 위협받기에 "평생 푯대처럼 그나마 요행히 챙겨오던 윤리도 도덕도" 힘을 잃고 마는 것이다.

　맹자는 왕도정치를 실현하기 위해서는 항산이 필요하다고 역설했다. "일반 백성들은 항산이 없으면 따라서 항심이 없습니다. 진실로 항심이 없으면 방황, 편벽, 사악, 사치 등을 아니하는 것이 없습니다. 죄에 빠진 뒤에 이를 형벌에 처한다면 이는 백성을 그물질하는 것입니다. 어찌 어진 사람이 임금의 지위에 있으면서 백성을 그물질하는 것을 할 수 있겠습니까? 그렇기 때문에 옛날 밝은 임금은 백성의 산업을 마련하되 반드시 위로는 부모를 섬기기에 넉넉하고, 아래로는 처자를 기를 수가 있으니, 풍년이 들면 한 해 농안 배불리 먹을 수가 있고,

흥년이 들더라도 죽음을 면할 수 있게 했습니다. 그렇게 한 뒤에 백성들을 이끌어서 선(善)한 길로 인도하기 때문에 백성들이 따라오는 것이 수월했습니다."[5] 맹자가 이야기한 항산이란 백성들이 생계를 유지할 수 있는 안정된 일이라고 볼 수 있다. 백성들이 모두 항산을 가진다면 경제적으로 안정되어 사회에 다툼이 없고 혼란이 없으며 범죄도 없을 것이다.

맹자가 제시한 항산이 위의 작품에서 확인된다. 화자는 의식주를 해결하지 못하는 상황 속에서 "날더러 어쩌란 말이냐"라고 항변하고 있다. 화자가 겪고 있는 궁핍은 생활이 성실하지 않거나, 사업이 실패했거나, 특별한 일이 발생했기 때문이 아니다. 오히려 화자의 궁핍은 사회의 제도 및 구조와 관계가 깊다. 따라서 화자의 가난을 개별적인 문제가 아니라 사회적인 문제로 인식하고 그 해결 방법을 모색하는 것이 필요하다. 만약 한 개인의 가난이 해결된다면 그의 삶이 영위되는 공동체 사회 역시 좀 더 안정되고 풍요로워질 수 있기 때문이다. 가난 문제는 옳고 그름의 가치는 아니지만, 그것의 해결은 당위성을 지닌다. 시비지심(是非之心)을 불러일으키는 것이다.

---

5  "若民, 則無恆産, 因無恆心. 苟無恆心, 放辟, 邪侈, 無不爲已. 及陷於罪, 然後從而刑之, 是罔民也. 焉有仁人在位, 罔民而可爲也? 是故明君制民之産, 必使仰足以事父母, 俯足以畜妻子, 樂歲終身飽, 凶年免於死亡. 然後驅而之善, 故民之從之也輕." 이가원 감수, 『맹자』, 「양혜왕장구(梁惠王章句)」 상권 제7장, 교육출판공사, 1986, 56쪽.

쓰레기란 무엇인가

때로는 초를 다투는 기사가 되었거나,
유용한 정보가 되어 사람들에게
소식을 전해주었거나,

그렇지 않으면 책이 되어
수만 년 누군가의 혼을 흔들며
이 지상에 바람과 물과 공기가 되었거나,

그런 귀한 일을 하고
용도 폐기된 것이 쓰레기다

그런데 이건 쓰레기도 못 된다
수백 년, 때로는 수천 년
싱그러운 숲속에서 향기와 산소를 뿜어내던
아름드리나무를 베어내 만든 것이
사실이 아닌, 역사 왜곡에
거짓말만 잔뜩 나열한 독소가 되어
폐기 처분되어야 하는,
그런 쓰레기도 못 되는 책을 만들다니

그런 것들을 수십만 권, 이 지상에
자신의 욕심껏 만들어내다니
그것이 꼭 너를 닮았다

부메랑이 되어

너를 다시 공격할 것이다

　―「쓰레기도 못 되는 책―역사 왜곡 교과서를 보며」 전문

　작품의 화자는 "쓰레기도 못 되는 책―역사 왜곡 교과서"를
신랄하게 비판한다. 시비지심(是非之心)이 우러난 것이다. 책이
란 "수백 년, 때로는 수천 년/싱그러운 숲속에서 향기와 산소
를 뿜어내던/아름드리나무를 베어내 만든 것이"기에 숭고하
다. 그런데 "사실이 아닌, 역사 왜곡에/거짓말만 잔뜩 나열한
독소가 되어/폐기 처분되어야 하는" 책은 쓰레기조차 못 된다
고 비판한다.

　위의 작품에서 역사 왜곡 교과서가 어떠한 것인지 명시되지
않았지만, 그 우선적으로 일본의 교과서를 들 수 있다. 주지하
다시피 일본의 역사 교과서들은 독도를 한국이 불법으로 점거
하고 있다고 기술한다. 일제강점기의 조선인 강제 동원이나
종군 위안부 등에 대해서도 축소하거나 왜곡하고 심지어 삭제
한다. 역사 왜곡과 거짓 교육은 일본의 미래세대에 큰 영향을
미치기에 우려하지 않을 수 없다. 시비지심으로 맞서야 하는
것이다.

　역사 왜곡 교과서는 국내에서 간행된 것도 있다. 친일 뉴라
이트 성향의 집필자들은 일본의 식민지 지배, 일본군 위안부,
친일 반민족 행위자, 이승만과 박정희의 독재정치, 제주 4 · 3
항쟁과 5 · 18민주화운동 등을 왜곡해서 기술했다. 한국 사회

에 보수주의 세력이 영향력을 미치면서 역사가 퇴행하고 있다. 화자가 이와 같은 상황에서 맞서고 있기에 참으로 다행이다.

옳고 그름을 가릴 줄 아는 시비지심은 「핵비가 내린다」에서도 볼 수 있다. 일본은 2021년 4월 13일 후쿠시마 제1원자력 발전소에 저장되어 있는 오염수를 방류하기로 결정했다. 그리고 2023년 8월 24일 도쿄전력이 방류를 시작했다. 화자는 "그들은 지금 이 지구에, 무슨 짓을 저지르고 있는가/호모 사피엔스는 과연 스스로의 터전을 멸망시키고 말 것인가"(「핵비가 내린다」)라고 비판하고 있다. 시비지심의 지혜는 중립이나 타협이 아니라 부정이다. 선한 본성이 이치에 따라 역동적인 기운을 내는 것이다.


孟文在 | 문학평론가 · 안양대 교수